令和川柳選書

キャラバン

島田駱舟川柳句集

Reiwa SENRYU Selection
Shimada Rakushu Senryu collection

新葉館出版

令和川柳選書

キャラバン ■ 目次

第一章　政治は異なもの　5
第二章　世の中こんなもの　35
第三章　季語と遊ぶ　65
あとがき　94

令和川柳選書

キャラバン

Reiwa SENRYU Selection 250
Shimada Rakushu Senryu collection

第一章

政治は異なもの

民主主義齧る魚の骨齧る

温暖化政府答弁にも及ぶ

聞く力アイムソーリー押す力

選挙カー読んでるかい走れメロス

当確へ意欲から意の字が抜ける

敵基地攻撃家計攻撃して

トレードを復興税がさせられる

霞が関言葉も霞愛でている

異次元の日銀印刷屋となる

実篤のカボチャが寄ってＧ７

次世代原発トイレもらえぬまま

国債の高さエベレストも負ける

良識がいじけています参議院

プーチンへやり過ぎだよとスターリン

親戚は遠くがいいとウクライナ

安保理を踊らす拒否権のバンド
タリバンのジョーク女文字が溶ける
国葬のツケを極楽へ回そう

宗教と政治が渡るカネの橋

失言という痛快な腹話術

日銀もマジシャン利上げじゃない利上げ

政治とカネ政治はカネの誤植とも

定年延長原発もお疲れ

東電は無罪津波を逮捕する

汚染水処理水そしてただの水
殺処分さてニンゲンは何と言う
給付金票と交換いたします

バラマキが子供の種を蒔くと言う
原発は天災されば戦争も
プーさんのほうが嫌がる習よりも

票田に子供手当を植えている
医師会の意思がコロナに問われそう
ユネスコにアベノマスクを届け出る

教団へ来る凶弾の流れ弾

米軍も守ると他衛隊ですか

日銀に国債銀とルビを振る

公約は不要閣議があればいい

G7七福神になりたがる

防衛費政活費などいかがです

少子化に議員定数睨まれる
少子化を金で止めると言われても
外遊の土産国民には買わず

星条旗沖縄の星ありますか

沖縄の密約蜜約と読もう

関ヶ原おや辺野古にもあったとは

一票の軽さ政治と仲がいい

温暖化炭素に値段つけられる

タバコ税また内閣に拝まれる

2類から5類へ蜘蛛の糸を切る
異次元がバラマキ異次元が笑う
ロシアより愛をこめてとミサイルを

聞く力流す力になったとさ
アメリカの収入となる防衛費
専守防衛殴り返すのもあり

ピッチングマシンへぇ～っミサイルにも

戦争が賽の河原の石となる

核禁止禁止と被爆国の謎

核の傘相合い傘の肩が濡れ
ヒロシマが広島へ喉元を過ぎ
抑止力透けているのは欲使力

社説だけ飛ばし官邸読み終える

米中に子供の喧嘩あるばかり

炭素にも値段地球の苦笑い

ＳＤＧｓなどという免罪符
大臣更迭シッポの山がある
アメリカに正義押し売りされちまい

戦争犯罪罪の二乗だろう

国民のためところで国民とは

旅行支援感染支援かもしれぬ

国葬もマスクもアベノムダヅカイ
EUとNATOロシアを笑えない
EUののりしろ生乾きのまま

国連の拒否権天地無用とも

老害へ勲章餌をやっている

元請のルールに六法が負ける

官邸のマイナカードの踊り食い
三権分立教科書を出られない
国債も同情してる汚染水

三猿へＯＤＡの後日談

遺憾です謝ってるらしいのだが

子ども庁老人庁はまだですか

郵便の遅配メールへ味方する

その給料で入れるかG7

官邸の足跡日銀に残り

Reiwa SENRYU Selection 250
Shimada Rakushu Senryu collection

第二章

世の中こんなもの

キャッシュレスペーパーレス体温レス

笑いとは高いもんだと寄席にいる

外す外さぬマスク内戦の風

サクサクと検索ズルズルと地獄

シャッター街ブラスバンドに叱られる

トッピング今日の気分を載せてみる

脳味噌の酸化が進む妻の愚痴

あんパンのヘソに想像力がある

トリアージ町工場にはないものか

空手ではペットショップを帰れない
曖昧な語尾へマスクが味方する
顔パンツマスクのプライドを揺する

児童手当俺の小遣い上がるかも

富士噴火ロシアンルーレットだろう

バス停を奪うマイカーの殺し屋

焼き鳥のそうかも知れぬ殺処分

デパ地下を嫉妬している服売り場

カレンダー剥がす命を削られる

ラーメンのなるとファッションショーとなる

男なら逃げ出すだろうピアス穴

財布までお似合いですに撫でられる

憲法を知ってはいます名前だけ

じわじわとポスト兵糧攻めされる

アルバムへ時間の缶詰を開ける

地層から地球の苦労考える
縄張りを煮詰めるプライドが残る
無名兵士そんな墓など欲しくない

友情の船には乗れぬ保証印

番号で呼ばれロボットかと思う

良識を一つ殺して魔女に逢う

ＧＡＦＡＭの皿に地球が載せられる
特急に越され人事が匂い立つ
八人目の敵テレワークに潜む

抜擢の名でゴミ出しを頼まれる
焼酎を家計とカルテ酌ぎにくる
アンチ巨人テレビが含み笑いする

職場にもあおり運転多発する
バーゲンの文字アドレナリンを放ち
モノ言える株主モノ言えぬ社員

生涯現役良いやら悪いやら

定年の男迷路を行くばかり

スーパーの籠の中見たかな政府

大凶の確率宝くじを買う

曖昧な背伸びが維新から続く

バーコードジョークは好きじゃないらしい

不祥事のトップが好きな清掃車

ニッポンは死んだか黒スーツの群

ハイヒール我慢の響き立てながら

非正規に何でもありが背負わされる

ジェンダーへ土俵が残った残った

寄せ鍋の具材国際会議する

午後からの会議天使に囲まれる
魔女からのメールニンゲン試される
鼻唄の上司へ居酒屋のクイズ

発言の分だけ給料の目減り
流行を着る流行に笑われる
あの人が部長まさに人事異動

揉め事の根っこに座る正義感

ぶりっ子の舌に酸素を奪われる

暮らすならこんな速さと観覧車

ヘンテコなビル日照権を語る

コーヒーがぬるい温暖化が叱る

考課表鉛筆舐めた跡がある

既読スルー時限爆弾動き出す

談合が経団連の辞書にない

シビリアンコントロールとしての妻

カネを産むカネ生き物に違いない

若者を戦が美味そうに食べる

連合の外でパートの汗しとど

正義なんて逆転するとチバニアン
常識が疑問をじわじわと締める
王様のマイクメディアが突きつける

郵便が下に下にとやって来る

ホワイトデージェンダー論がしたくなる

タックスヘイブン天国も汚れる

サプリとアプリお為ごかしの顔で来る

正露丸やっぱり征露丸がいい

カップルの声高カネのことらしい

キッチンも工場電子音のウツ
試着室自問自答が終わらない
スラスラと嘘が流れるパイプ椅子

黒塗りの文書一昨日来いと言う
結局はパンダ経由の資本主義
不祥事の謝罪の語尾のアルデンテ

Reiwa SENRYU Selection 250
Shimada Rakushu Senryu collection

第三章

季語と遊ぶ

春の宵欠伸指南を待っている

蕗の薹ポッツン地雷に違いない

モノローグ詰めてしまったシャボン玉

ダイヤモンドダスト光をジャグリング

シロフォンが通る寒気団が通る

ゆく雲を刺す水仙のファンファーレ

敵地攻撃へ埋み火が目覚める

冬の日の明朝体の薄笑い

反省の数多柚子湯に浮かべつつ

慈善鍋偽善も少し匂い立つ

羊水に戻ってしまう日向ぼこ

理科室の窓から冬ざれの匂い

冬木立風の噂は聞かぬふり

北風が星を掴んだどっどどど

秋刀魚の背今の地球が描いてある

流れ星微かにビッグバンを言う

着メロへ秋思が続く出る出ない

芒ぼうぼう三隣亡を歌う

秋茄子と嫁モラハラと気遣いと

マーチングバンドとハモる鰯雲

六月の河退屈を乗せている

青空を撃つ夏雲の力瘤
嫋やかに揺らす扇子の図り事
さり気ない虹の満点の回答

四月の酸素教科書の匂い抱く

説教は終らず菜種梅雨もまた

再雇用かくもありたし花筏

揚げ雲雀アリアのシャワー全開に

スーパーのたらの芽尻がむず痒し

矢印を吐き出している雉の喉

縄張りのきままを風と沈丁花

六法を閉じる見事な朧月

水嵩の背伸び川面も春の歌

日向ぼこ小銭数えている独語

密談を立ち聞きしてる冬の川

熱燗が沁みる宇宙を手の内に

金属音ぶちまけている氷点下

埋み火の爪どうしても鋭角に

黄黄黄黄黄駒場の秋のオノマトペ

バーコードのハミングと行く鰯雲

ラ・フランスが嫌うざわついた言葉

半眼の仏となりし日向ぼこ

流れ星地球に食わす居合斬り
秋の川グラデーションを織りながら
草紅葉戦の響きそのままに

秋色も着る庭石も哲学者

九月の風季節は多重人格で

秋茄子と嫁禅問答が続く

タイムトンネル鬼灯を鳴らしつつ

どっととどどっととどうと天の川

赤カンナ診察券を糧として

ペチュニアの女子会ベランダを揺らす

ラムネ玉カラリ光を飲んでいる

転寝の句読点消す夏至の風

盆踊りバカの二乗にしかなれぬ

デモなのかコーラスなのかラベンダー

ヨットぽつんと落款に成りすます

窓ガラスへ描くイニシャルの五月闇

怪しげな言葉メーデー生き延びる

日の丸の匂いじんわりみどりの日

三月の水喋り疲れているらしい

水音もシンコペーションして春に

遠雪崩山の掟を言い渡す

寒月の残りを食らう明け烏

風花のお喋りと来るモーツァルト

寒波襲来鬼の吐息が刺さる

呼び出し音長々冬の宵に沁む

レジまでは遠し秋刀魚の眼の光

十月の手帳居直りあちこちに

艶やかに手話手話手話と遠花火

平行線の議論の窓の百日紅

梅干し一つ爆薬の皿一つ

神保町知的な黴の独り言

無気力へ女難の眉の百万語

青空が湧き出る木蓮の蛇口

差出しは極楽風花のハガキ

咳一つ乱反射させ闇に座す

寄せ鍋の灰汁掬っています一人

冬の月助詞の一つも許さない

噴水の天辺にいる鼓笛隊

ですますも煮崩れている夏座敷

窓越しの無声画像の息白し

山茶花の垣根太陽飼ってます

天高く太田胃酸のなお白し

あとがき

句集タイトル「キャラバン」は雅号にしたかった言葉です。中学二年生の時、友達の家で聴いたアメリカのジャズに捕まってしまいました。高校生の頃は知人からレコードを借りまくり、音の悪いプレーヤーで夢中になって聴きました。英語の勉強にと言って買ってもらったテープレコーダーのテープはジャズで満杯になりました。その中でデューク・エリントンの「キャラバン」がお気に入りの一曲になりました。曲もさることながら、ジャズプレイヤーにデューク（公爵）というあだ名がつくほどの品の良さに憧れた訳です。がさつな私の無い物ねだりです。

しかし、「キャラバン」の雅号では先輩たちから一言ありそうなので、そのまま使うのは止め、内容がキャラバンに近いものを考えました。キャラバンは砂漠の運送業者で、運搬手段は駱駝です。そこで駱駝を砂漠の船と考え、駱駝の船「駱舟」としました。しかし、この雅号は意外にも不評でした。その一つ目。読めない。雅号にした当初、句会の受け付けで読み方をしばしば聞かれました。その二つ目。パソコンで変換しても「駱」が出て来ない。一旦、駱駝と変換した後に駝を消して舟を追加する、といった手間がかかります。そんな訳で今でも略舟で届くメールや書簡があります。

句帳を持たない横着者の私ですから、句会などの既作品を拾い出す手間が面倒なので第一、第二の各章は書き下ろしです。選者の眼を通っていませんから、鑑賞に堪えるかどうかは保証の限りではありません。第三章は俳句句会（夢座）の既出作品です。俳句の会に出していますが五七五を出している感覚で、俳句とも川柳ともつかない作品です。正岡子規はどちらともつかない五七五は作らないように、と言っていますが、江戸時代には俳諧連歌で同じ釜の飯を食った仲ですから、日本の曖昧さを以て良しとしてください。

川柳作品そのものより句会が好きで続いた川柳です。以前の句会にはサムライの先輩がたくさんいました。サムライにはそれぞれこだわりがあり、そのこだわりを句会や二次会でぶつけ合っていました。ぶつかり合いつまり議論や喧嘩ですが、それを聞いていて楽しくまた参考になりました。生意気な私はその議論や喧嘩に加わり、サムライを怒らせたことも何度か。そんな句会を面白がって通っていたんだと、改めて思います。

また、同じような頃に川柳を始めた人たちからも大いに学びました。川柳を学んだというより社会人として育ててもらいました。マイペース人間なので軌道を外れることが多く、その度にアドバイスをもらい何とか川柳界で生きてきました。親しい同級生というイメージです。この句集をサムライの先輩諸氏と社会人として育てていただいた同級生の皆さんに捧げます。未熟な作品を読んでも仕方がない、という声を聞きながら。

新葉館の竹田麻衣子さんの丁寧な校正に厚くお礼申し上げます。

二〇二三年六月吉日

島田駱舟

●著者略歴

島 田 駱 舟（しまだ・らくしゅう）

1948年　小樽市生まれ

1968年　『誹風柳多留』（岩波文庫）で古川柳を知る

1979年　同人誌『山猫軒』に狂歌を発表

1986年　川柳矢切サークル会員となり、川柳作句開始（1990年退会）

1987年以降　首都圏の月例川柳句会、首都圏の川柳大会、関西などの月例川柳句会、全国川柳大会に出席

1989年以降　川柳新潮社、船橋川柳会、川柳櫟の同人となる（川柳新潮社同人は辞退　船橋川柳会、川柳櫟は解散）

1999年　日本橋五分間吟句会　創設（2001年休会）

2000年　印象吟句会 銀河 創設

2004年　句評会 柳座 創設

令和川柳選書

キャラバン

○

2023年 7 月23日　初　版

著　者

島　田　駱　舟

発行人

松　岡　恭　子

発行所

新　葉　館　出　版

大阪市東成区玉津1丁目9-16 4F　〒537-0023

TEL06-4259-3777㈹　FAX06-4259-3888

https://shinyokan.jp/

○

定価はカバーに表示してあります。

ISBN978-4-8237-1244-9